roger mello | são paulo, 2017

global
editora

© Roger Mello, 2017
1ª Edição, Global Editora, São Paulo 2017

    Jefferson L. Alves – diretor editorial
    Gustavo Henrique Tuna – editor assistente
    Flávio Samuel – gerente de produção
    Flavia Baggio – coordenadora editorial
    Jefferson Campos – assistente de produção
    Fernanda Bincoletto – assistente editorial
    Elisa Andrade Buzzo – preparação de texto
    Danielle Costa – revisão de texto
    Eduardo Okuno – editoração eletrônica
    Roger Mello – projeto gráfico

Obra atualizada conforme o
Novo Acordo Ortográfico da Língua Portuguesa.

CIP – BRASIL. Catalogação na fonte
Sindicato Nacional dos Editores de Livros, RJ

Mw481
  Mello, Roger
    W / Roger Mello – 1. ed. – São Paulo : Global, 2017.
    il.

    ISBN 978-85-260-2327-7

    1. Romance brasileiro. I. Título.

16-38804
                               CDD: 869.93
                               CDU: 821.134.3(81)-3

Direitos Reservados

GLOBAL EDITORA E DISTRIBUIDORA LTDA.
Rua Pirapitingui, 111 – Liberdade
CEP 01508-020 – São Paulo – SP
Tel.: (11) 3277-7999 – Fax: (11) 3277-8141
e-mail: global@globaleditora.com.br
www.globaleditora.com.br

Colabore com a produção científica e cultural.
Proibida a reprodução total ou parcial desta obra
sem a autorização do editor.

Nº de Catálogo: 3930

I've got you under my skin.
Cole Porter

Não é desse amarelo que estou falando. Uma vez ele tentou fazer o amarelo com urina de boi. Como se faz em Bihar. E disse que a tinta pra tatuagem é mistura de urina e carvão. Não. Estou falando do ouro--pigmento. Amarelo forte. Feito de arsênico. Um amarelo que envenena quando tinge.

As roupas dele não têm cheiro. Difícil pensar em algo sem cheiro: as roupas do Egon. A casimira bordada mais por dentro que por fora, galhos de romã, insetos, passarinhos de nada tecidos num padrão que aparece quando desaparece. A falta de cheiro traz o cheiro do Egon porque o Egon não tem cheiro nenhum. A minha roupa cheira a sopa e ginja e queijo de cabra algodão cru betume alecrim pó de carvão goma-arábica. Cada fatia da minha roupa tem um cheiro diferente e o todo resulta num cheiro que os outros reconhecem como meu. Por mais que eu não me reconheça nele. E minha camisa também tem cheiro de gordura. As peles para fazer pergaminho soltam gordura, Egon. Eu sempre separei aquela merda toda. Sou eu que ponho o cadinho com a soda no fogo e misturo a gordura. Nem poderia ser de outra maneira, sempre fui eu que fiz o sabão, esqueceu? Exatamente como eu fazia depois de ter separado as três mudas de roupa. Não vou mentir, quem lavava não era eu, era você. A minha parte e a sua parte misturadas. Você dizendo que os três poderiam muito bem vestir a mesma roupa, mas a do cartógrafo você nunca vestiu. Quando você fechou a porta daquela última vez, antes de desaparecer, olha bem o que vou dizer, estou quase certo, você saiu vestindo a minha camisa. Por engano é que não foi. Pra não se esquecer do meu cheiro. Ah, Egon, é difícil desaparecer desse jeito sem levar o cheiro de alguém de casa. Pode não parecer, mas eu fui virando um especialista em perceber essas coisas. Você pode estranhar e repetir que não entendo dessas coisas porque nunca saí para muito longe e eu não vou poder negar, não quero negar coisa nenhuma. A outra camisa, a sua mesmo, você deixou aqui só pra eu poder perder tempo pensando. Pra eu chegar a esse ponto em que cheguei. Reparar a falta de cheiro nas suas coisas. Você levar as minhas coisas daqui, a ponto de impregnar as minhas coisas com essa falta de, essa falta. Acho que foi aí que eu passei a pensar, você sabe, ele. Por que eu digo ele? Quando poderia dizer o seu pai, o pai do Egon? É isso? Você também desenha mapas, melhor que ele, como eu sempre disse, como ele sempre reconheceu. Se você estivesse aqui, eu ia te dizer tanta coisa, eu ia te dizer uma coisa: antes eu fazia tudo sem pensar. Era só preparar um pouco de tinta, os monturos de pó que eu ajeitava pra misturar com a clara do ovo ou a goma. Ou depois que eu organizava os potes na estante mais alta, como se o outro ainda fosse me pedir: W, ali, naquele pote mais no alto. W, esse pigmento não, o outro. O outro, W, do lado do peixe seco, do tamboril, o tamboril, esse mesmo, o cara de sapo, ao lado dele, depois do desenho da íbis, do pássaro que eu sempre acho que fui eu que fiz. E eu tivesse que tirar minha camisa limpa pra limpar o pote e ver o que está escrito no rótulo e não confundir esse e o outro pigmento. Mas espera um minuto, que mancha é essa aqui na barra da minha camisa? Não tinha visto. Mas isso não tem a ver com a minha camisa estar limpa ou não. Tem a ver com, eh. E quando eu subisse mais alto, a camisa na minha mão. E ouvisse o outro dizer mais uma vez que era preciso proteger a minha pele. Ficam essas coisas agora que nem você nem ele estão aqui. Como se o outro ainda pudesse pedir algo, mostrar a melhor maneira de se fazer, de se guardar pergaminho, de se preparar tinta preta com carvão e goma. Se você estivesse aqui, Egon, eu ia olhar pra você e dizer que o seu pai anda mais vivo agora, depois de morto.

Ramos e flores não eram a especialidade da linha de cartógrafos que o pai dele começou. Quantas vezes eu vou ter que repetir? Não era pra ninguém perder tempo enfeitando ervas e caracóis. Um cartógrafo não quer ser um cartógrafo pra desenhar flor de enfeite. Quer mesmo é fazer a figura de um monstro que guarda as fontes e as minas. Era disso que o Egon e o pai do Egon gostavam. Desenhar o controle. Antes mesmo de começar a desenhar. Um canibal com a aparência tranquila controla um monstro. É preciso desenhar no rosto do canibal essa tranquilidade. Nos traços desse mapa aqui atrás, os olhos do monstro só obedecem ao canibal porque o canibal parece tranquilo. Uma cara ameaçadora mostraria que o monstro não se deixa controlar por muito tempo. Se fosse assim, as fontes e as minas estariam entregues. A apatia do canibal é o que afugenta a vontade do invasor. Eu vou repetir. A apatia do canibal é o que afugenta a vontade do invasor. O olho parado dele encontra um horizonte fora do mapa, mas não é com o olho que ele controla a fera que mantém as fontes. Todo o controle está só num carinho bobo que os dedos do canibal fazem aqui. Aqui, sobre a linha das vértebras da criatura. Ainda não falei da criatura: uma mantícora. A mantícora guarda as fontes. Copiei as patas de leão dela enquanto ela pisa o tesouro. Existem frutas e praias feitas de ouro em pó, ninguém disse que não existiam. Estão guardadas sob as três fileiras de dentes da boca da mantícora. Copiei os dentes, fiz dentes de ferro. Estão debaixo dos chifres. Copiei os chifres dela. Debaixo da cauda de escorpião. Eu podia até dizer que a cauda dela está pronta para disparar espinhos venenosos. Não digo. Prefiro copiar o veneno dela. Mas a cabeça da mantícora é a parte dessa charada que mais assusta. Uma cabeça de gente. Monstros com cara de gente são os mais desumanos. Os mais assustadores. Essa parte eu deixo pra copiar depois. Essa parte eu deixo pra copiar depois. Se o mapa aqui atrás não fosse uma cópia eu desenharia um monstro com a cara da criatura que me prendeu no meio desse nada. Se bem que não faço ideia da cara que ele tem. Se bem que foi ele que me prendeu no meio desse nada. Se bem que, nesse caso, quem contratou os serviços dele ia descobrir o erro no meu serviço, na minha cópia. Faço um acordo comigo, a cara do monstro eu deixo pra terminar depois. Eu não conheço essa cara.

ou quando W recupera um ponto no sono, uma linha entre esse e aquele extremo. Evitando lembrar o dia em que o cartógrafo se atrapalhou com o trabalho da estiragem do papel e parou. Faz pouco tempo, o pai do Egon raspava a folha e controlava o ritmo para que a pele, o papel, não mostrasse os poros. A lâmina em forma de lua arranhava o pergaminho pelo avesso, pelo lado dos pelos. W entendeu da maneira mais estranha que uma peça contínua também revestia o seu corpo, sendo a pele que cobre o olho a única possibilidade de pele vista pelo lado de dentro. Pálpebra. Bocejo. Arrepio. A essas alturas a pele de W nem sequer estava pronta. A transparência da pálpebra mostrando que uma silhueta terminava o trabalho que era para ser um trabalho seu, a princípio. Isso poderia até acalmar, mas quem disse? A respiração, a pausa, o perigo na lâmina em forma de lua apoiada na altura do pescoço. Diferente de quando o pai do Egon interrompia a estiragem das peles só para se tocar, no meio da coisa toda. A essas alturas, ele sempre se tocava, pensando que W e Egon não o escutassem. Ou sabia que escutavam tudo e ainda assim. Então, um ajuste no tempo da respiração, um novo ritmo viria, mas a pausa ainda demorou. A palavra pausa assim, repetida, parece gerar um movimento, não era pausa, era mais um engasgo. Um estado fora daquele lugar, como quem procura, não sei, um tempo. Outra pele, outro pergaminho na moldura de madeira precisava se juntar à pilha, dez, doze. O sono é a pele de um mapa. W revirou essa frase na noite passada e dormiu com um desaparecimento que não conhecia. As noites dele não são tranquilas. As noites não fazem sentido. Não que os dias façam, mas as noites fazem menos sentido. A noite é mais uma carta celeste que um mapa, deixa ver, essa frase não tinha o mesmo efeito de apaziguar a noite que a frase inventada por W. Carta celeste, estrelas não são mais estrelas separadas umas das outras. Elas formam aqui e ali grupos pequenos. E as linhas que ligam essa estrela e aquela, as mesmas linhas que antes designavam um signo, esta noite apontam um trajeto. Tudo o que ele quer é recuperar um ponto no sono, uma linha entre esse e aquele extremo. Agora é isso, as estrelas deram pra doer. É culpa do barulho das constelações W não conseguir dormir. Não é que o pai do Egon não explique ou não tenha paciência ou não tenha tempo enquanto trabalha, ele não tem são palavras. Palavras são coisas sem corpo, e o cartógrafo ali não ia precisar de ar e ideias para ir em frente com um trabalho repetido. Uma lâmina em forma de lua em sua mão, parada, na altura do pescoço. Afinal, um pergaminho é feito de pele e não pode ter pelos. Fazer papel. Um pergaminho é artificial. W era um olho olhando. Nem fazia ideia de quando se tornou um simples observador. Ele inteiro, um olho olhando. Naquele tempo, observava o pai do Egon acabar de estirar o pergaminho num bastidor de madeira. Repuxando a pele sem rasgar, olha lá, virando as bordas da pele por trás da moldura, com cuidado, é para repuxar, não é para rasgar, como gostava de repetir, não sabem fazer nada direito, as frases dele sumindo numa lógica interna, cálculos, contas de cartógrafo, como se W e Egon não soubessem ainda preparar um simples pergaminho, como se, de verdade, não fizessem nada direito, isso, a lâmina raspando a pele pelo avesso, pelo lado dos pelos. Onde estão a pedra-pomes e o pote com água? como se o próprio W não tivesse colocado pedra-pomes e água bem ao alcance dele, mas para que pedra-pomes e água nesse momento? isso viria só na hora do refinamento do papel, não era mesmo? claro que sim, claro que não, agora não, levem isso daqui. Isso fica pra depois. Então, um olhar fora do gabinete. E esse olhar demora além do tempo de se falar desse olhar. Olhem só o W evitando achar que um olhar fora dali é justamente um olhar para a sua própria pele. Se ele pudesse se ver, veria uma cara de coisa nenhuma. Cara de papel. Cara de fólio em branco. W se tornou esse observador em silêncio, a ponto de estranhar a agressão de uma palavra, o vestígio que a letra deixa no ar, o menor que seja. Descobria, de modo cada vez mais claro, que a observação era de sua natureza tanto quanto a reação não era. Dessa vez a atenção do pai do Egon procurava um ponto fora dali. Fora do gabinete, da casa. W calculava a distância e o formato desse ponto sem querer olhar para o ponto, mas a partir da angulação do olho insistente do outro. Alguma coisa exterior ao retângulo que guardava os dois. Um cartógrafo distraído e um copista que perdeu o sono. Os dois dentro de um gabinete. Aquele gabinete servia de abrigo ao mesmo tempo que aprisionava os dois. Egon não estava ali, W não quis lembrar onde raios Egon tinha se metido dessa vez, melhor para ele estar longe. E se voltasse falando na desordem do gabinete, ou fingindo compreender que aquela confusão toda não passava de uma arrumação em andamento, aí, nem sei. Era só uma confusão, pronto. Mas era uma confusão assegurada bem de perto pelos cuidados de W, em pessoa, um assistente de cartógrafo, nem isso, um copista e só. E não é só. Excelente copista, o melhor na sua mediocridade. Viu? A mediocridade dele o acalmava. Então ninguém poderia dizer que o olhar do pai do Egon se referia ao Egon ou a ele. Não era isso. Era alguma coisa fora dali. Alguma coisa dentro.

A cada noite um monstro, você promete? O blênio, o leviatã, a mantícora. Promete ou não promete? Prometo. Conta do peixe-voador. Peixe--voador não é monstro. Depende de quem conta. Do monstro que conta, Egon?

Verdade que a mantícora é um monstro feito de partes?, E com uma cara de gente, monstros com cara de gente são mais desumanos, Os monstros são uma invenção de quem tem medo, Nada disso, Egon, os monstros são uma invenção de quem quer colocar medo nos outros, Os monstros não são uma invenção, os monstros são você e meu pai.

Egon, por que você disse isso? para de dizer isso, por que você disse isso?

Anda, conta do peixe-voador.
Vou te contar uma coisa então, quer ouvir?
Você não disse que não, então vamos em frente: apesar do corte de cabelo que nos deixou quase iguais, eu sempre fui eu e você você. Seu pai era o seu pai, o pai de Egon, cartógrafo oficial da Casa da Guiné e da Mina. Sabe-se lá por que motivos, seu pai me trouxe, sabe--se lá de onde para ser o... não se trata disso, eu nunca disse essa palavra, Egon. Eu sei... você me considera um. Ele sempre me considerou o seu.
Posso continuar, Egon?
E você, cá entre nós, é um cartógrafo até melhor do que o seu pai é. Do que o seu pai foi.
Mas, como cartógrafo oficial da Casa da Guiné e da Mina, o seu pai era também examinador dos

candidatos ao ofício. Eu nunca tive o talento que seu pai e você têm para desenhar mapas. Para, eu conheço os meus limites. Sou um copista e é só. E não é só, excelente copista, o melhor na minha mediocridade. Viu?

A minha mediocridade me acalma.

De uma coisa nenhum de nós dois esquece: os mapas de Portugal são guardados a sete chaves no Armazém, na Casa da Mina. E mesmo um cartógrafo importante como o seu pai sempre foi obrigado a devolver os instrumentos ao sair de lá no fim do dia. E manter segredo sobre as informações dos navegadores.

Ah, claro, acusados de espionagem são punidos da maneira que acusados de espionagem sempre foram punidos.

Eu já vou falar sobre o mapa que eu tenho tatuado nas minhas costas, calma, Egon.

Me ajuda aqui, é que às vezes eu fico confuso. Não lembro se o mapa com o segredo foi tatuado aqui nas minhas costas antes de descobrir que o seu pai, você sabe.

O seu pai tinha me pedido ajuda com os objetos de cartografia, um quadrante? O que foi mesmo que ele perdeu daquela vez? Um compasso, um compasso velho. Ele gostava daquele compasso velho. É engraçado, eu sei, não ri, me escuta. Eu encontrei o compasso, atrás dos instrumentos pra estiragem do pergaminho, como sempre, eu e você ajudávamos no preparo das peles, não sei, ele sempre deixava ali. Ali. Acho que foi quando

ele estirava o pergaminho, você preparava as fossas pra afundar as peles, não sei, sei que você não estava por perto da primeira vez que seu pai, eh
        não consigo me lembrar se o seu pai realmente passou a fazer aquilo. Ou se passei a acreditar naquilo, Egon, porque você coloca coisas na minha cabeça.
      Você sabe muito bem o que aquilo quer dizer. Agora não, agora vou dizer o que me vem à cabeça. Sem esboço. Você insinuou tantas vezes, insinuou sim, e não é dessa insinuação que estou falando.
  Estou falando de quando você insinua que eu denunciei o seu pai para os oficiais lá da casa da Mina. Por vender pedacinhos de mapas com rotas secretas, foi isso? Pros holandas? pros espanhas? pra quem mesmo? Foi então que o seu pai foi executado. Fácil a maneira como ele foi executado, né? Nós tivemos que pagar pelas despesas, não foi simples? É a família que paga pelas despesas, é assim que se fazem as coisas, você pareceu compreender. Uma coisa que não faz o menor sentido, como se fosse a coisa mais simples, cortar as unhas, puxar o laço da camisa, preparar tinta preta, pagar pela execução de alguém da família, sua família, seu pai. Você nem sequer reclamou. Ele nunca me disse nada, mas até onde eu sei, ele não tinha como negar essa acusação. Nem tentou, talvez não quisesse argumentar. Talvez não tivesse vontade ou desculpas ou soubesse que era perda de tempo ou soubesse que mesmo

uma pena pelo motivo errado ainda cabia bem a ele. Talvez gostasse da ideia. Eu até poderia ter tentado dizer, fazer alguma coisa, mas você sabe, qualquer exame que me levasse como testemunha acabaria por mostrar um mapa tatuado aqui ó nas minhas costas. E aí, fica a dúvida, eu não sei. Talvez nem você nem eu escapássemos também.

Ficamos só nós dois. Os dois sozinhos na nossa casa, nosso gabinete. Lembra? Você me dizia, é o nosso gabinete, W. Podemos desenhar, podemos conversar até tarde, rachar uma puta. Às vezes umas coisas escritas do lado de fora diziam espiões, diziam veados, diziam tanta coisa. Essa gente daqui de perto sabe passar dos limites.

Deixa pra lá, Egon.

Agora me mostra como se desenha esse monstro.

Vou dizer mais uma vez. Não vão moer demais a azurita. O azul da montanha perde o azul se vocês moem demais. Esse azul é quase tão valioso quanto o azul ultramar, me ouviram? O verde também desaparece num tom sem tom se vocês maceram o verde além da conta. Verdete. Azurita. O vermelho, não. Quanto mais tempo se mói o vermelho de cinábrio, mais vermelho ele fica, mais presente vai ser a cor. Vermelhão. Ele só vira vermilion se vocês tomam gosto pela mistura. É como o gozo, que precisa chegar a um ponto. Pro vermelhão, tem que se atingir o gozo. Pro verdete e a azurita, tem que segurar o gozo. É simples, é tudo sexo, pigmento também.

Aquilo ali caído é um pano de limpar tinta? Desde quando tinta coagula? Quem falou em limpeza de tinta? um pano para limpar instrumentos de corte. Ou o pano não estaria tão esgarçado. Engraçado, qualquer movimento me faz parecer uma larva presa na teia. Um inseto atado pela articulação do pé, armadilha simples. Quanto mais me contorço, mais fico preso.
Verme.
Vermelho vem de verme. Um verme espremido de onde se tira a tinta vermelha.
Egon!
Egon!
Vem ver isso aqui, Egon. Me fez lembrar um inseto sem asas engatinhando sobre o desenho de um mapa. Sobre o pergaminho curtido que o seu pai costumava

preparar nos fundos do gabinete em que morávamos nós três. E o inseto revirava o pergaminho querendo o escuro querendo o molhado querendo o azedo do couro curtindo. Na pele do mapa que você e eu e o seu pai preparávamos, o litoral ficava logo cheio de nomes de praias. De portos. Enseadas. Baías. Dali iriam partir muitas linhas e nada, ninguém. As terras do dentro continuariam sem nome mesmo. Caminhe pelas terras do dentro, o seu pai dizia. E ameaçava o inseto no mapa com uma ponta-seca. Fique longe do litoral onde a tinta e o trabalho de caligrafia ainda estão molhados. Ande aí pelas terras de dentro, aí onde poderia estar escrito bem assim TERRA INCOGNITA, mas não tem nada escrito. Terra esperando ser descoberta. Ou coberta de nomes. E por favor, não comece a desenhar enfeites idiotas entre um e outro nome. Curvas fazendo flores são como coroas prum morto, terra morta. Qualquer flor de enfeite é menos importante ainda do que essa rosa dos ventos sem importância que eu acabei de copiar.

Vou te mostrar, é bom você ficar sabendo, sobrou isso aqui do dinheiro. As despesas com a execução do seu pai. Não sei se já te mostrei, aqui, Egon, o que sobrou. Eu guardei, escondi, guardei
                        mas é bom você saber.
É bom eu não saber disso eu sozinho
                                   está aqui.

Não fui eu que disse que sua pele não servia, foi ele. Mas você tem essas marcas na pele, então sabemos que não serve mesmo. Eu não reparo nessas coisas, você mesmo é que sempre fala. Então não serve, se você fosse um pergaminho, íamos descartar, você concordou com isso.

Fui preparado pelo seu pai para ser o pergaminho. Eu fui o pergaminho no seu lugar, Egon, já que o seu corpo foi marcado. Você escapou por pouco.

Não precisamos falar mais nisso, precisamos?

Quando Egon gosta mais de desenhar é quando eu durmo. Desenha fileiras de palmeiras repetidas. Palmeiras sem graça, com tédio. Pior que fazer pontas em ondas. Mentira, as palmeiras que o Egon faz não são enfeite. São elas que enchem o mapa de força, não é a rota nem é a rosa dos ventos, são as palmeiras. Ele faz bem assim com a minha mão querendo que eu continue o desenho por ele. Merda, ainda nem acordei direito, Egon, agora vou ficar desenhando palmeiras? Um dia você vai desenhar rosas dos ventos, ele fala, sabendo que esse é o meu ponto fraco. Conduz minha mão com delicadeza, mas sem deixar que eu hesite. Você sabe que ninguém consegue desenhar direito quando acorda. São palmeiras, ele diz, ficam bem assim, tremidas, viu?, estão melhores que as minhas, e ri. Rosas dos ventos e não palmeiras, você lembra, você me prometeu.

Um dia vou desenhar rosas dos ventos como o Sebastião Lopes. Esqueceu a escala? ele me pergunta, como se perguntasse a si. Tamanhos em mapas não têm importância não, eu digo, têm sim, ele diz, não têm não, não, têm, não. Egon é menor que eu, apesar de ele não acreditar, talvez por isso essa insistência com o tamanho das coisas, não que eu seja. O quê? Maior que ele? O quê? Muito alto? Corpulento. Ah, pensei que fosse outra. Coisa.

Aqui. Talvez contra a corrente, fazendo o sangue caminhar oposto às correntes. Como um peixe-voador.

Conta. Do peixe-voador? outra vez? Outra vez. Agora não, Agora, agora. O peixe-voador foi saltar o barco e errou a mira quando, eh, abria as barbatanas em desespero. Viu por que gosto de ouvir isso tantas vezes? Sobre o peixe-voador? Confundo asas e barbatanas, sim, gosto de ouvir isso. Sim, eu sou o peixe-voador, é isso que você precisa entender de uma vez por todas, Egon. Poder pertencer plenamente às duas matérias, à água e à madeira. E se não for água nem madeira? Aí você me salva. Ser salvo por você e por seu pai na madeira quente do barco.

Num pedaço da madeira se lê assim: a moagem e exposição à luz poderão alterar a cor do vermelho cinábrio para preto.

Cinábrio. Vermelho cinábrio. Vermelho porque vermelho vem de vermes, coisas esmagadas criando um suco vermelho. Quero ver ir em frente sem repetir o nome da cor. Não, não é um jogo. Você fala como se eu gostasse de esconder coisas entre as palavras. Você diz que eu falo enrolado, então vamos lá: vermes. Vermes não, larvas. Filhotes de insetos. Eu poderia dizer umas alminhas de inseto esmagadas em um continente que não está nem nos mapas. Se fosse assim eu diria assim cochonilhas. Ou de uma madeira dessa mesma cor num lugar que nem inventaram, assim não temos que esmagar nada além do tronco da madeira com cor de brasa. Vou evitar falar nessa cor que agora se espalha como um filtro. A cor existe e é menos azul, ou amarelo, ou verde verde ou preto preto. Preto não tão preto é como fica o pigmento dessa cor quando se mói demais o pigmento, é quase preto sim, mas por trás de um filtro verm... um filtro dessa cor. Não vou falar o nome dessa cor, chega. A caravana carrega cores em potes vindos da Índia, vindos daqui, vindos do Afeganistão. Mulheres mais velhas do que aparentam vestindo essa cor. Mulheres mais velhas que a mulher que agora me olha. Mulheres com o branco dos olhos mais dessa cor que os pretos.

A mulher que me olha agora tem as unhas dessa cor.

Quero saber o nome da mulher com unhas vermelhas. Ela acha engraçado eu perguntar. Elisa? Ela responde inventando um nome. Sabe o que é? Ainda preciso dos nomes, Elisa, pode ser. Uma puta de Faro, ela diz, qualquer nome, eu sorrio com ela. É que ainda preciso de nomes. Uma puta, mas sou cartomante também, depende da posição das cadeiras. Das cadeiras? Da cadeira, mas tenho notícias do... Sabe o que ouvi dizer sobre o? O Egon? Isso. Sabe o que ouvi dizer sobre o?

Não sei em que ponto da minha intimidade com Elisa ficou claro que falávamos da mesma pessoa. Como foi mesmo que Elisa ficou sabendo que Egon era o filho do cartógrafo? (Ela mencionou duas, três vezes isso?) A coisa estranha de se lembrar é que lembrar desarruma a ordem das coisas. Não, eu não podia saber se falávamos da mesma pessoa, eu e a cartomante, a Elisa. Mas eu tinha notícias dele e poderia comparar o pouco que eu sabia com o pouco que ela mencionava. Era quase como falar com alguém de outro mundo.

    Falei a ela sobre a única coisa que recebi por escrito dele, um bilhete, depois que ele saiu de casa. Mas antes pedi a ela que fizesse assim, escondesse as mãos debaixo das pernas porque essa cor me distrai, ela disse que sim e quis saber do bilhete. Eu conto, depois que você esconder as

pronto, ela disse, escondi minhas mãos.

    Pediram pro Egon desenhar demônios despedaçando um corpo. Um desenho torto para mostrar a todos que algum recém-excomungado tinha sido realmente excomungado. Ele ganhou por isso e me escreveu assim: gostei. Como se sair ganhando fosse uma novidade para ele. Nada de novo, Egon, eu disse que você era capaz de desenhar qualquer coisa. Mas, um demônio? qualquer imbecil desenha. Não vá me esquecer é de como se desenha uma cara de vento soprando, não vá me esquecer de como se desenha um zéfiro. Mas, um demônio? Fazer desenhos difamatórios? pros igrejas?

    Elisa riu como se fosse com ela.

    A fase dos demônios não durou. Alguém da linhagem de, não lembro, foram os cartógrafos seguidores da linha da Escola de Dieppe? Uns copiadores piores que eu, isso sim. Sou copista e não copiador, entende, Elisa? É diferente. Mas não preciso dos detalhes, alguém dessa linha ou daquela, da Escola de Dieppe, alguém contratou o Egon. Em algum lugar entre os franças e os bretanhas. Escuta, Egon, eu queria que você me escutasse, entendendo que a sua cabeça é mais matemática e precisa que a minha. Conheço seus medos, inventamos nossos medos juntos, lembra? querendo agora ganhar tempo desenhando demônios em que você nem acredita. Só peço a você que não se esqueça. Não se esqueça que não pode revelar ideias e estilos nossos, só nossos, coisas que não dividimos nem com a Casa da Guiné e da Mina, que inferno. Coisas nossas, muito.

Mas vamos lá, Elisa, entendeu por que preciso de todos os detalhes? Ela perguntou se eu queria saber quando o filho do cartógrafo esteve com ela ali mesmo, em Faro. Que antes disso precisava saber quando raios foi que acabou a fase dos demônios. Falo depois que você me contar detalhes, eu disse. Ela lembrou que para isso ia precisar das mãos.

Pois então, o nome dessa cor que eu não vou mais dizer era a cor da unha da mulher com as cartas.

Sabe o que pensei? Esquece, eu não pensei. Sabe o que pensei, Egon?
                        ainda te pego ensinando a alguém que eu não conheço como se desenha uma rosa

dos ventos daquelas que só o Sebastião Lopes desenha. Você prometeu que me ensinava e nada. Nesse dia você pode esquecer que eu existo.

Equador é uma criatura com oito patas, como duas pessoas se engolindo. Sei que esse monstro não existe, que só desenhamos monstros que existem. Esse eu acabei de inventar. O nome é um nome ruim, tomei emprestado, depois escolho outro, eu sou um copista, vocês é que inventam nomes e continentes. Pois então, Equador tem oito patas e uma cabeça que acabou de devorar a outra, isso, vê-se uma cabeça no meio de um corpo duplo com duas extremidades. O quê? O monstro são você e seu pai? Eu não disse isso, Egon, mas fica bom isso que você disse. Uma única cabeça, a pele molhada tremida. Essa coisa foi retirada da água agora há pouco. Sua pele expele uma poça. Um pedaço de rede ainda se desprende do corpo dela. Fica ridícula essa criatura tentando se apoiar no chão seco. Mas não vou permitir que ninguém ache graça de algo que eu acabei de criar. Vou correndo desenhar essa coisa, quem sabe eu consigo. Vou desenhar enquanto procuro lembrar de um sonho. Hoje sonhei com um torturado, sabia? Um torturado não. Alguém que foi pendurado para revelar alguma coisa a um torturador. Eu disse um torturador? Então era mesmo um torturado. O torturador deu uma saída e por algum motivo está demorando a voltar, ou sumiu, ou morreu, ou desapareceu.

O torturado continua ali, dentro do meu sonho. Esperando.

Andamos obcecados com falsificadores de mapas? Andamos, obcecados. Escondemos rotas em rotas falsas. Entre desenhos de ondas. Entre linhas e letras. Importa ele mais que um segredo compartilhado. Importa ele mais que tudo, importa ele mais que uma cosmografia. A palavra. Que palavra? Irmão? O ranger de dentes dele quando ele dorme e sonha desertos. Irmão. A sombra na testa dele debaixo do equinócio, ali, onde os olhos dele quase se fecham na hora de ajeitar o pelo do pincel com a boca. Não me chama a atenção esse ou aquele pedaço de pele dele, mas ver o Egon buscar concentração. É só olhar pra ele quando ele mistura uma pedra de carvão com a goma-arábica. A palavra irmão macia assim como uma pedra. Pedra e carvão como dois continentes incomunicáveis. A palavra não sai da minha cabeça enquanto eu raspo a pedra e o carvão. Isso que estamos fazendo agora não é algo em que pensamos, fazer tinta preta é quase como respirar sem prestar atenção. Se presto atenção na respiração sinto falta do ar. Fazer tinta preta. É uma coisa, não é nada. Mas sem o preto, não tem nome não tem cidade nem montanha, não tem mapa. Agora sim, o pó. Uma não pedra, um não carvão são só dois montinhos, a princípio. Antes que os dois se desfaçam numa montanha bem gorda e misturada de pó. Ele não é pedra e nem carvão, mentira, todo mundo é um pouco essa pedra, todo mundo é um pouco esse pó. Me distraí justo nesse ponto da mistura. O resultado é uma gosma, uma sopa espessa que o líquido afina, e depois do líquido, tinta preta. O corpo que ele espera que o líquido tenha, mais que tudo, é um exercício de concentração. É tinta preta. De tão concentrado, ele se desfaz todo. Tinta preta. A tinta é uma sanguínea, um líquido grosso que o pincel, a princípio, rejeita. Depois o pincel chupa o líquido como se ele e a tinta, diferentes em tudo, formassem uma única matéria. As coisas não precisam fazer sentido, ele me diz, as coisas mais simples não fazem o menor sentido. Agora sim, o ponto certo da tinta. E move meu dedo em direção ao líquido. Você viu?

    De tão concentrado, ele se desfez. Olha aqui, eu me desfiz todo.

Enquanto W desenha Egon,
                    Egon desenha W e demô-
nios e ventos e zéfiros e cidadezinhas e lagartos. Desenha
al gharb, o oeste, como os árabes gostam de dizer.

    o oeste, ouviu bem, W?

Não se trata de copiar uma rosa dos ventos. Tenho tantas espalhadas nas minhas costas, poderia escolher entre esta e aquela. Esta daqui nem sequer é uma rosa dos ventos rosa dos ventos mesmo, a principal, a mais gorda. Está mais pra um feixe de rotas esquecidas, com uma cruz maior que a rosa apontando Jerusalém a leste, enquanto a flor de lis menos assim que a cruz (e ainda assim maior que o miolo) tenta encontrar algum norte. Mas não. Não mesmo. Nem a cidade sagrada nem o norte, nenhuma das direções vai querer saber onde fica essa rosa dos ventos sem importância. Ou o lugar onde eu

                onde é mesmo que eu
                            ?

às vezes esqueço que estou dependurado,
desvio o ombro do espelho, resvalando o lado num canto, um pêndulo querendo de volta algum eixo, algum impulso, só quando a palma da minha mão encontrar a parede é que eu
.
    O terreno áspero de que o papel é feito. O som inclinado da pena leva a minha atenção pra fora daqui. Aqui, desloquei o nome de um lugar, o nome de uma baía, uma região pantanosa. Vou mudar um nome no mapa, o nome de uma cidade por outra só de implicância. Vou esquecer que um trabalho coordenado de angulação em diferentes pontos do mundo é que determina que essa ilha menor desse arquipélago está a tantos graus a leste do cabo naquele litoral, a tantos graus pro norte

daquele extremo. Vou inventar um mundo menos irreal, um cartógrafo menos mentiroso. Para, eu sei que isso não existe. Assim corro o risco é de virar um copista de segunda, um copiador.

    Vou inventar um planisfério tranquilo, sem ilhas onde lagos de água ácida tentem a forma de continentes. Sem despenhadeiros que lancem o mundo na garganta do vazio. Isso são delírios tão bons dos mentirosos, mas estou por aqui com delírios. Em algum lugar deve haver um lugar onde a minha implicância seja a única cosmografia possível. Aqui, não, por enquanto, não. Volto ao meu tracejado monótono, pra que os traços pretos da cópia sejam iguaizinhos aos originais, em número, cor, espessura, insistência.

    Ah, e não vou logo falando o nome da cor. Vou misturando tons. Quero ver se você ainda sabe o nome.

difícil saber se todas as coisas que vêm à cabeça de W são de seu mundo ou de um mundo em que W se encontra com seus delírios.

às vezes esqueço que estou dependurado,
desvio o ombro do espelho, encosto o lado nesse canto, um pêndulo querendo de volta um eixo, algum impulso, só quando a palma da minha mão encontrar a parede é que eu

.

    O mapa aqui nas minhas costas sempre pode interessar a alguém. Aquilo ali caído é um pano de limpar tinta? Desde quando tinta coagula? Quem falou em limpeza de tinta? um pano para limpar instrumentos de corte. Ou o pano não estaria tão esgarçado. Engraçado, qualquer movimento me faz parecer uma larva presa na teia. Um inseto atado pela articulação do pé, armadilha simples. Quanto mais me contorço, mais fico preso. A cabeça é a parte da mantícora que mais me assusta.

Uma cabeça de homem. Monstros com cara de gente são os mais desumanos. Essa parte eu deixo pra copiar depois. Essa parte eu deixo pra copiar depois. Se o mapa aqui não fosse uma cópia eu desenharia um monstro com a cara da criatura que me prendeu no meio desse nada. Se bem que não faço ideia da cara que ele tem. Se bem que foi ele que me prendeu no meio desse nada. Se bem que nesse caso, quem contratou seus serviços ia descobrir o erro na cópia. Faço um acordo comigo, a cara do monstro eu deixo pra terminar depois. Eu não tenho essa cara. Estou mais pra um inseto sem asas fugindo da caligrafia.

 Vejo meu corpo pendurado refletido por trás.

 Vejo o mapa tatuado em minhas costas.

 Vejo uma mesa para meus objetos de desenho, ainda não quis olhar a outra mesa.

 Vejo um pano esgarçado no chão.

 Um cubículo isso aqui. Imagino uma fila de instrumentos pra arrancar uma peça de couro grande.

 Deixa eu ver de novo,
do meu tamanho?
Do meu tamanho.
Ainda não quis olhar a outra mesa.

O que vem à cabeça de W,
sangue?
palavras?

sangue.
palavras.

Não que ele imagine essas coisas enquanto caminha. Nunca foi da sua natureza ser um viajante.
Da primeira vez que saiu de casa, W já não soube mais voltar.

Você sabe, não é isso. Assim você me deixa mais confuso, satisfeito? Eu não lembro se o mapa com o segredo foi tatuado aqui nas minhas costas, aqui, antes de eu descobrir que o seu pai, o seu pai, foi capaz de fazer isso comigo.

Eu não estou me referindo à tatuagem, Egon.

hemisfério

Tec tec. Urina e carvão. O som do estilete e a tinta injetada na pele, tinta na pele, tec tec. Ouviu comentarem que a tinta para tatuagem se faz com urina e carvão. W chegou a fazer tinta amarela com urina de boi, como se faz em Bihar. Um amarelo quase tão forte quanto o ouro-pigmento. Esqueceu da dor um minuto para pensar naquele amarelo de ouro-pigmento, amarelo feito de arsênico, um amarelo que envenena quando tinge. A vantagem era manter os insetos bem longe. Insetos, tec tec, a dor de uma picada continuada. Melhor mesmo que se fizesse o preto da tatuagem com urina e carvão, imagine se fosse ouro-pigmento, W não estaria sentindo mais dor, não estaria sentindo mais nada, ai, e ainda assim aquele pensamento idiota fez W sorrir, ai, mas não muito. O pai do cartógrafo não teria passado a trazer pedras de arsênico, justo daquele amarelo tóxico, se de vez em quando não pensasse em, ai, se não pensasse em coisas como alguém já saber de seus contatos com compradores estrangeiros, ai, de mapas. A lâmina causava uma dor indefinida em W, mas era só o tempo até ele entender a estranheza daquela dor. Não dava pra pensar em nada além da dor em si, não dava pra se acostumar. Uma coisa só dói enquanto permanece estranha. Mas por cima da dor, por cima do tec tec, de tudo, por cima da lâmina que desenha o mapa nas costas dele furo a furo, ele só lembrava de urina e carvão. O pai do outro e o amarelo tóxico sumiam, deixavam de fazer sentido.

 O pano parava tudo só pra enxugar o sangue do copista. O sangue puxado pro lado com o cabo do estilete, como se fosse uma régua, um rodo. O caminho ficava aberto novamente pra tinta preta, tec tec, tec tec. Tinta feita do mesmo carvão que ele sabia misturar com goma para fazer uma cor de muito bom corpo. Uma coisa que ele fazia melhor que os outros dois, e isso era o pai do outro que dizia. Quer saber? Todos ali sabiam fazer tinta preta como ninguém, mas os outros dois preferiam que W fizesse. Era uma maneira de ele ficar restrito à concentração que um copista precisa ter, e ocupar o resto do tempo somente pra fazer cópias. Copiar era a coisa mais importante para aquele gabinete. A coisa mais importante para compradores de mapas estrangeiros. W gostou de entender aquilo em meio a uma dor que já se tornava suportável. Se encontrasse um outro pensamento aleatório e bom como o que acabava de ter, seria capaz até de desejar a dor, o som repetido do estilete batendo. Lembrou uma vez quando disse ao outro, Egon, gosto que você espere e escolha sempre o pergaminho preparado por mim, gosto disso tanto quanto gosto de ver você desenhar. Mentira. Desenhar é fácil. Copiar é que é impossível. Se continuasse pensando naquilo era bem capaz de entender que também não se incomodava de deixar as coisas prontas pro pai do outro. O serviço do copista se resume a copiar a respiração de quem desenha. A respiração da letra, a topografia do traço no papel. Copiar é entender a respiração da criatura que fez o original. A presença da criatura só dificulta a cópia. Sebastião Lopes assina seus mapas, nunca assinamos, assinar é que não, isso nunca, ser denunciado pela vaidade? não, nunca, mas W não pensou nisso ali, enquanto tatuavam suas costas. Foi depois. Estava ansioso para ver como ia ficar o desenho do mapa tatuado. Precisava entender mil outras coisas, mas voltou a pensar que era impossível pensar em outra coisa além do estilete que rasga.

Tatuagem? O seu pai aprendeu com os polinésios, não sei, com os moradores da Java Grande. A Java Grande, esqueceu? desenhamos naquele mapa que mostrava mais o leste e mais ainda o sul. Descendo a Índia, as ilhas de baixo, rinocerontes, calaus, cinocéfalos, monções, não se lembra de desenhar vento e chuva? desenhamos mais de uma vez, você desenhou. Debaixo das ilhas, onde sempre disseram que não haveria mais nada, mas não acreditávamos, sabíamos que era ali que começava a Java Grande. Os tatuadores polinésios, seu pai deve ter aprendido com eles. Você esquece tão fácil das coisas como eu me lembro naturalmente de tudo. Fui preparado pra lembrar, é simples. Você foi preparado pra esquecer. Somos uma dupla horrível. Não, eu disse horrível, eu não disse uma dupla terrível. É diferente. Somos um monstro também, não vá começar a rir. Somos um monstro feito de duas partes dependentes. Lembra dos monstros simbiontes? Somos eles.

Se foi mesmo seu pai quem fez a tatuagem? Eu não teria como tatuar minhas próprias costas.

Na verdade eu teria sim. Lembro que você trouxe um escorpião, veio segurando ele pela ponta do rabo, apoiou num espelho pequeno. Um escorpião refletido, você desenhou, eu desenhei. Para de falar isso, assim eu não me acabo de rir. Eu tatuando minhas próprias costas. Parecendo um escorpião todo torto no espelho.

Os monstros simbiontes, somos eles. Quando um de nós se afastar do outro, morrem os dois. Para de rir, estou falando sério. Para de rir, por favor. Estou pedindo.

O gabinete vazio continua cheio de coisas. Abarrotado. Mas é um gabinete vazio sem a voz incompreensível do pai do outro, sem as vontades dele. As paredes e o teto nunca estiveram tão entulhadas, mas a casa está leve. Nem memórias a casa tem. Pessoas como o pai dele não deixam fantasma. W não se lembra sequer de ter visto a sombra dele. Talvez não desse para ver, perdido em meio a tantas sombras de objetos, papéis, instrumentos. Mas, pensando bem, não esqueceria da sombra dele.

Não, nem fantasma nem sombra. Egon e W ainda poderiam se sentir os donos do gabinete antes de perceber que era impossível não ir embora dali. Não lembravam de onde veio a ideia, escuta só a ideia. Egon e W precisam ser a mesma pessoa, um com mapa e outro sem mapa. O cabelo dos dois é cortado até o escalpo. Não é preciso arte nem paciência para fazer isso, mas é importante não ferir a pele da cabeça a ponto de deixar uma marca, essas coisas. Ficaram quase iguais, que merda. Um dos dois com um mapa nas costas, o outro com cicatrizes, e, por isso, sem mapa nenhum. No mais, dois homens semelhantes. Dois. Se alguém quisesse saber, era isso que deveriam responder, ele sou eu. E nada de falar sobre o mapa, mapa coisa nenhuma. Mas não eram três morando aqui neste? eram. O cartógrafo tinha sido morto pelos crimes de que foi acusado. O seu maior crime foi isso aí a que você está se referindo, é verdade. O segundo maior crime dele foi não ter sombra. W quis saber se poderia dizer essa coisa da sombra. Poderia sim. E riram, cúmplices. Dois homens iguais, sem cabelo, morrendo de rir ficam ainda mais iguais. O cartógrafo tinha pago com a vida pelo que fez e os outros dois tiveram que pagar pelas despesas da execução. Os outros dois, ouviu? Ouviram? Os dois, repito, ficaram aqui no gabinete. Até que um se afastasse. Levando um mapa nas costas? Isso de mapa nas costas são coisas, você sabe, que as pessoas dizem. Então não tem nenhum mapa nas costas? Existem mapas, existem costas, não necessariamente existem mapas e costas no mesmo lugar, ou na mesma frase. É isso? Era isso que deveria ser dito quando alguém perguntasse? Era. Ponto final.

Egon, sabe? Hoje juntei a inicial do teu nome e a minha. Como num diagrama. W e E. Não sei por que nunca tentei fazer isso. Não sei por onde você anda ou por onde você se perde, não sei. Sei que faz um tempo já desde que você saiu daqui. Além daqui tem o leste. W e E. Oeste e leste, percebeu? Eu não percebia. É claro que você percebeu antes de mim, por isso, pimba! foi embora. Um cartógrafo como você precisa perceber a direção nas coisas, precisa encontrar o leste no meio desse oeste todo. O oeste é o que fica, é o aqui. O oeste sou eu, agora entendi. Al gharb, como dizem os árabes. O oeste. Aprendemos mais com as ideias dos árabes do que com nós mesmos. Somos eles, somos os árabes. E agora eu e você andamos por aí com a cabeça raspada, como quem se protege dos piolhos. Dois pontos que se afastam para que uma linha imaginária se desenhe entre o eu e o você. Sou al gharb. E você, afinal, é o leste. Pronto, agora sei que você percebeu.

    Sei que você não quer mais fazer mapas como fazíamos antes, rosas dos ventos, feixes de linhas, portos. Ainda copio essas coisas, copio cartas-portulano. Você gosta de paralelos e meridianos, o mundo passou a ser dividido em retângulos, é assim que passaram a dividir as terras agora. Suas ideias estavam certas, talvez o mundo caiba mesmo em retângulos, e haja um fim de mundo em algum lugar. Um fim pro mundo. Mas vou fazer o quê, se gosto de perder tempo com essas linhas que não levam a nada? Um mundo sem fim, a Java Grande e as ilhas Satanazes, pra lá dos Açores, despenhadeiro, aqui fala o monstro do despenhadeiro.

    Falando em ilhas Satanazes, recebi sua mensagem hoje, aquela que fala no desenho do demônio. Vou achar um jeito de enviar uma resposta adequada ao seu recado simples, e também isso sobre W e E. Preciso é encontrar um portador, um detalhe, ah, e saber onde é que você se esconde. Pra mensagem não ficar solta num lugar entre o oeste e o leste. Suas coordenadas, meridiano, latitude. Retângulos acalmam as pessoas, eu prefiro o vento.

Ah, esqueci de escrever o mais importante, agora que recebi a sua mensagem acho que não vou dizer que cheguei a acreditar no que a Elisa me disse. Elisa nem é o nome dela, mas olha só o que ela disse. Que você teria falado da tatuagem nas minhas costas para um espião, alguém da parte dos holandas, não sei, por causa de dinheiro. Você nem precisa de dinheiro, trabalhando pra Escola de Dieppe, fazendo desenhos difamatórios, demônios e tudo mais. Ainda bem que recebi sua mensagem, a distância pode tornar uma mentira mais possível. O silêncio faz a gente acreditar em cada coisa, Egon. Não acreditei. Não se preocupe, viu?

Você repetiu azul ultramar ainda agora,
ultramar,
eu ouvi, não pela coisa do
azul emular um mar profundo, mas porque o azul veio
de além daquele mar, aquele mar ali. Você se referiu ao
ponto em que o mar chega ao fim, acaba, puf!, entendeu,
Egon? Impossível. Impossível algo estar mais distante,
mais para o leste que isso. O que eu já imaginava, você e
eu nunca estivemos tão

O vapor da máquina de café expresso se mistura com a neblina do sono. O aeroporto e as palmeiras artificiais as palmeiras artificiais não deixam dúvidas, W está em Dubai. Ele veio de algum fim de mundo, em direção a outro fim de mundo. Todos os lugares se acham o umbigo do mundo e os fins do mundo devem achá--los o fim. O homem que serve o café se movimenta muito, como um polvo, como se pedisse desculpas, como se fosse culpado de uma coisa que não depende dele: um croissant, não quer? acabou de sair, está estaladiço. A nuvem de ar comprimido ganha espaço. Anúncios de perfume mostram homens vestindo azul ultramar, mas os homens e as mulheres dos anúncios não são de Dubai, são de um lugar que se acha o umbigo do mundo.

Duas mulheres que aparentam ser da mesma família conversam com um homem estreito. O homem cabe no espaço entre as duas, como um rejunte entre azulejos.

A conversa dos três deve fazer algum sentido porque riem muito e apontam e fazem gestos. Não sei a partir de que ponto me perdi da conversa deles, a sonoridade, a música e fui ao exato lugar em que guardei o dinheiro da execução. Eu não me lembrava, lembraria em breve, era só refazer o raciocínio que me levou àquele lugar, um ponto secreto. Era melhor não forçar agora, agora eu me perdia muito na conversa incompreensível dos três, Na poeira sobre o vidro do zênite, na nuvem infinita da máquina de café.

O homem dependurado no sonho continua ali, querendo que o torturador esteja vivo ou, ao menos, que não se esqueçam dele por completo.

Quando se sai de um lugar, sabendo que não é preciso de direções ou pontos de referência, é porque a certeza de não voltar é uma boa companhia, a única. Então não se sabe, é difícil saber porque W gosta dessa solidão que nunca desejou. Um nômade não é um nômade antes de começar a caminhar. Depois ele toma gosto. Ou para. Ou volta. Não pode parar, não pode voltar, pensa. Ele é um nômade à força, e de forma inesperada, gosta de se saber assim. Esquecendo qualquer referência, uma montanha, uma ruína, uma toponímia. Os mapas não servem para nada, são artificiais e sem importância, sem os pontos de referência, sem as terras de dentro. Odeio mapas, ele pensa. Ele sabia todos os nomes dos portos, mas as terras de dentro eram desconhecidas: TERRA INCOGNITA. W não conheceu o lugar de onde o trouxeram para aprender a copiar coisas, antes do gabinete. Poderia mesmo esquecer o gabinete de onde saiu. Naquela mesma manhã fez a sua última cópia, escrita itálica, sem capitulares ou enfeite, em vermelho de cinábrio: TERRA INCOGNITA. Desconhecido era o lugar de onde veio, não o lugar para onde ele estava indo.

Fiz uma praia em forma de orelha. Terminei uma laguna, uma enseada, deixa eu ver, terminei um delta. Se eu não estivesse dependurado eu até faria uma cara boa. Por terminar coisas. Preciso agora é entender o desenho desse mar de manchas. Aí não, lá atrás da linha equinocial, diferente do traçado dos mapas antigos.

Às vezes consigo esquecer o mapa tatuado nas minhas costas. As ondas dos mapas antigos estariam mais pra escamas. Linhas paralelas desaparecendo, calmaria. Isso ninguém vai ver. Isso só se pode ver quando o observador afasta o mapa do rosto a essa distância. Isso.

Não me importa se essas ruas e esquinas ficam na cidade de Lagos ou em qualquer canto da minha cabeça. A cidade não é isso que se deixa apreender da cidade. A cidade sou eu. Todo viajante carrega a casa dentro da cabeça. A casa na cabeça aos poucos abandona o viajante, às vezes ela quer voltar. O viajante é uma espécie de mendigo. As coisas todas que traz cabem coladas ao corpo. E esse nada colado ao corpo é dividido com alguém de quatro patas. Copiei o cachorro com quem dividi o nada, entreguei o desenho do cachorro a um mendigo. O mendigo agradeceu, mas pediu que eu não lhe desse não. Seriam dois pra alimentar.

    Eu não sou um viajante, sou uma coisinha de casa que saiu de casa pela primeira vez e não faz a menor ideia de como voltar.

Não tenho nenhuma cicatriz ou deformidade. Um nariz que não é nem grande nem pequeno nem afilado nem gordo nem torto nem anguloso nem reto nem apontando pra cima nem curvado de um lado ou engraçado ou proeminente. Olhos pretos, boca torta assim pra direita, um tipo comum. Incomum talvez entre os escandinávias, os angolas, os calicutes, por aqui, comum.

às vezes esqueço que estou dependurado

.

    Tento não ver a mesa ao fundo, mas imagino instrumentos para tirar uma peça de couro grande. Na mesa detrás. Lâminas numa ordem que faça sentido. Uma fila de instrumentos por tipo de corte. Pensar coisas que cortam me faz distinguir o norte do leste mais depressa. Não sei se pensar isso me fez terminar mais duas rosas dos ventos depois daquela, fez. Terminei uma enseada em forma de ferradura. Terminei uma laguna, um estuário, um delta. Se eu não estivesse dependurado, eu até demonstraria alguma satisfação. Preciso agora é entender o desenho desse mar de manchas. Aí não, lá atrás da linha equinocial, diferente do traçado dos antigos modelos cosmográficos. As ondas dos antigos modelos cosmográficos estariam mais pra escamas paralelas desaparecendo num cinza de calmaria à medida que o observador afastasse o mapa do rosto.

Impossível copiar algo assim na situação em que estou.

Não sou um cartógrafo experiente. Não frequentei Dieppe ou Maiorca, não estive nos arredores de Faro ajudando a inventar a Escola de Sagres e outras mentiras estimulantes. Não fui discípulo do mestre maiorquino Jacome. Sou um copista e é só.

Meu cabelo toca o papel-pergaminho. A altura-limite para que eu possa me curvar e apoiar um dos cotovelos na frente enquanto a outra mão continua com a cópia. Se a linha do meridiano fizesse a curva e encostasse no Equador não seria culpa minha. Seria culpa dessa posição. Impossível desenhar nessa posição. Quem sabe eu ainda desenho uma linha falsa como uma vez forjei na própria mão uma linha da fortuna com estilete. O que vemos aqui?, Vejo um futuro promissor, meu rapaz, Eu mesmo inventei essa linha, Todos inventamos, meu rapaz, Vejo um futuro promissor, vejo uma, eh, Vê uma puta que pensa que é cartomante, é isso?, Eu não disse isso, Mas pensou, confessa, Confesso, Todos somos, meu rapaz, Todos somos o quê? putas ou cartomantes?, Todos somos ou putas ou cartomantes e as duas coisas ao mesmo tempo, meu rapaz, que tal então você chegar pra este lado de cá da mesa?, Achei que você nunca fosse..., Pedir?, Pedir, assim está mais, Está melhor?, Melhor, Melhor assim, cuidado com a minha bola de cristal, Cuidado com as minhas, Você não é o filho do cartógrafo?, De quem sou filho não importa, senhora, Ah, entendi, então deixe esse negócio de senhora pra lá, filho do cartógrafo, me chame pelo nome, vou dizer meu nome.

Prefiro que não, Prefere que não diga?, Prefiro que não, não sou filho de ninguém, de coisa nenhuma, Não é, Deixe você esse assunto pra lá,

Feito.

Só depois olhei pra ela,

até a falsa cartomante era morena.

Eu tinha raiva de não ser moreno.

Ela tinha unhas da cor, dessa cor.

Eu queria ser moreno como os ciganos de mentira que acampavam por perto. Naquela época eu nem suspeitava que havia outros planos para o tom da minha pele, eu que desejei ser um imediato, um calafate, um ajudante do assistente do marujo, qualquer coisa, jamais pisei num barco, jamais estive sobre o sol do Equador. Conta de novo, o peixe-voador! O pai dele me receitava todo o tipo de resguardo, insistindo que minha saúde não era essas coisas, culpando a linhagem debilitada de minha mãe, minha mãe? Me protegendo não sei de quê, e do sol, do sol sempre, a qualquer custo. Nunca o sol. Nunca tive problema com minha saúde, nenhum problema Meu corpo, a ideia era guardar o pergaminho. Uma coisa pálida que destacasse linhas de rumos e caligrafia. Num papel bem mais claro que o couro de carneiro curtido, a minha pele. O documento, meu próprio corpo, precisava ser protegido de mim.

O papel do mapa é o segredo, primeiro você coloca nele uma verdade que seja só sua. Depois você esquece.

O pai dele nem sequer contratou um tatuador, ele aprendeu o ofício com marinheiros polinésios. Ele próprio tatuou a rota secreta em minhas costas sem esboço nem testemunhas. Tudo já estava previsto, desde a palidez do meu escalpo até o estado em que agora me encontro. Se bem que seu pai não poderia me imaginar nas mãos de um espião estrangeiro. Se bem que poderia sim. Mas não.

Um invólucro guardando o quê? um amontoado de carne e dúvida? O invólucro não guarda nada, a embalagem seria o objeto em si. Mais especificamente o quartel superior das minhas costas, encontrando algum sul perto da banda direita das terras austrais. Melhor dizendo, da bunda direita.

Buril, esquadro, quadrante, sextante, balestilha. Aprendi a usar instrumentos de desenho e aparelhos de cosmógrafo não sei quando, acho que antes de aprender a respirar. Os aparelhos, até mesmo os mais pontiagudos, sempre estiveram ao meu alcance. Mas as viagens loucas, do Cabo Bojador até a Java Grande foram insistentemente escondidas de mim por trás de palavras e descrições confusas. Não se deixe distrair com as paisagens óbvias, o cartógrafo dizia, esteja atento à sua própria distração. Tive que construir um mapa do mundo na cabeça, a partir de retalhos. Nem sempre as partes formavam um todo. Formulei um mapa-múndi como o corpo monstruoso da mantícora feito de partes desconexas. O resultado foi uma harmonia inesperada.

O cartógrafo é ou deveria ser um expatriado, agindo não a serviço da Casa da Guiné e da Mina, mas de qualquer um interessado em viajar. Quanto mais científica a intenção de quem faz o mapa, mais artístico o resultado, quanto mais artística a intenção, maior a mentira.

    Falo de coisas sem importância, nem rotas, nem fileiras de montanhas,
                    quero saber do que fica de fora.
    Um lagarto na pedra depois de devorar o olho de um furacão. Isso. Falta de tudo, falta de direção. Uma rosa sem pontos cardeais,
        uma rosa concêntrica,
      a mais torta,
              a última estrela de sete pontas, sem falar nessa multidão de rãs feitas com pincel.
                        e nenhuma pessoa.

Um monstro feito dois seres anfíbios.

                            Lesteoeste.

Repito, foi das rãs que aprendi a respiração pela pele. Estou respirando pela pele agora enquanto seguro a respiração. Por que estou segurando a respiração? pra conseguir lembrar.

Por algum motivo o detalhamento dos istmos, as pequenas baías e caminhos parecem se desfazer na minha pele. A princípio, acreditei que fosse por causa das escaras, das manchas que vão aparecendo na pele. Se estou pendurado o sangue desce. Não desce por igual. Não entendo de sangue. Vermelho cinábrio não é sangue. Ginja não é sangue. Ouvi falar de correntes no mar, copiei o movimento da Corrente de Benguela. Mas correntes do mar não se movem como sangue num corpo invertido. Nunca esperei que o sangue fosse fazer os detalhes do mapa desaparecerem. As nuanças inesperadas em todos os pequenos hematomas. Roxo-pancada, castanho-violáceo. Pigmentos que o meu corpo fabrica sem minha ajuda. Os nervinhos parecendo entradas e rotas, arranhões como serpentes do mar, todos esses novos contornos interferindo nesse mapa tatuado em minhas costas. Posso me transformar num palimpsesto. Nesse caso, quanto melhor for minha cópia, pior será o resultado. Meu corpo virando um mata-borrão. Se todas essas coisas invadirem o mapa, minha pele perde o valor para o escalpelador? Quero dizer, para aquele sujeito que contratou o escalpelador. Torturador ou escalpelador?

Eu sem minha pele ainda sou eu?

Os monstros eu deixo pra desenhar por último, mantícoras, grifos, quimeras, pinípedes, cinocéfalos, homens sem cabeça com olhos no peito, ciápodes (seu único pé como um guarda-sol enorme), panotos, peixes sem rosto, porcos com cara de peixe, unicórnios marinhos, leviatãs, ufa. Os segredos não foram todos desfeitos. Aqui, um segredo, os cartógrafos cartógrafos mesmo desenham mapas e montanhas e limites e acidentes geográficos vilas amuradas cidadelas correntes marítimas letras e linhas imaginárias nas cartas-portulano somente pra poder desenhar monstros. Os monstros são mais importantes que a distância entre esse e aquele porto. Desconfiem da precisão de um mapa sem monstros ou com monstros malfeitos. Os monstros são os monstros e se esse mapa que eu desenho não fosse uma reprodução eu desenharia um monstro novo com a cara do escalpelador atrás dessa cordilheira marinha.

Nunca pisei a madeira de um barco. Nunca reclamei disso. O pai do outro me preparou para ser um copista, não um cosmógrafo. Um copista, o melhor. Querendo que minha pele tivesse o tom de um pergaminho claro. Eu queria ser moreno. Pergaminho. Moreno, moreno. Moreno não, ele disse. Moreno para ele queria dizer o oposto de pergaminho.

Agora entendo a necessidade de ser só um copista. Foi me preparando para isso e talvez esse tenha sido o grande talento do outro, sua assinatura como artista. O Sebastião Lopes não precisa assinar pergaminhos. Ele tem as rosas dos ventos, eu não tenho nada. Mas o copista entende os gestos do artista melhor do que ele mesmo, é óbvio. Artistas afetados por suas vontades, suas manias, ansiosos por encontrar uma linha e impor seu estilo seu estilo seu estilo. Como se o estilo não fosse somente a incapacidade de enfrentar uma folha de papel que um assistente preparou. Um copista com estilo vira artista e perde a utilidade. Não vai salvar coisa nenhuma.

Não vai ser salvo.

Não vai saber esconder um segredo na cópia.

Engraçado, desenhei rotas e correntes que levam daqui até a Java Grande, mas não faço ideia de onde fica este cubículo. Se eu não estivesse de cabeça para baixo, talvez encontrasse um ponto, um cheiro, um lugar. O escalpelador é holanda, então não me levaria aos

Países Baixos. Talvez ali, onde vivem os antuérpias, mas não sinto cheiro de água salobra, então não. Onde vivem os dieppes, talvez. O copo de ginja então não ia passar de um destilado de cereja em algum barraco de pedra. Se eu pudesse ver um pedaço do céu, qualquer punhado de estrelas daria uma posição, um lugar, um sinal. Minha cosmografia quase sempre dá pro gasto. Aqui, não serve pra nada.

Um mapa com marcas e dobras vale mais, você sabe, quer dizer que o mapa foi levado em viagem.
Estou falando de um negociador de mapas, um espião, me ouviu?
Ele paga mais se o documento tiver marcas e dobras.
Se tiver vincos e cheiro de sal e suor.

Uma frota, uma esquadra
Um arquipélago em três cores

Um peixe-voador
Um pássaro comendo um peixe cortado ao meio
Um grifo sobre a rosa dos ventos e não sobre a
    flor de lis
O vento-leste
Uma cidade que não existe
Uma mexilhoeira
As ilhas satanazes

No céu, o quê? a Ursa maior e sagitário
Circulata lacteus
Zênite
Batafaitus

    Foi esse, foi o momento em que negociavam um pedaço de mapa. Os homens acertavam detalhes. Eu não consegui ouvir tudo, não sei, não deu pra ouvir bem o que eles diziam. Foi só isso que deu pra ouvir. Eu não vou falar mais nada, não insista, foi só isso que deu pra ouvir

dessa vez.

longitude

Um capote grosso de flanela grossa protege o gibão de tecido barato e mais um corte de couro antes da seda. Um corte duplo de seda, trabalhado mais por dentro que por fora, o padrão da casimira arranhando as coordenadas do mapa na minha pele, ali onde se lê TERRA INCOGNITA. No começo, minha pele empolava, fui me acostumando, era um corte duplo de casimira, afinal de contas. Depois outra vez a seda e a padronagem, o couro e o tecido barato e mais o capote grosso de flanela grossa em um corpo se deslocando pelas ruas de Faro. Sozinho pelas ruas de Faro, nas proximidades de Sagres, eu quase me sinto aquilo, aquilo que sempre se falou de mim, o escolhido, o alvo. Debaixo de quatro peças de roupa me sinto a salvo. O vento sustentando meu peso pro lado. Meu jeito de andar, não sei quando comecei a andar torto desse jeito, talvez em Faro, aposto na inclinação dessa ladeira pra me endireitar. É só uma questão de querer, consigo. As coordenadas me denunciariam como se eu fosse uma trajetória. Ainda será preciso inventar paralelos e meridianos pra localizar as coordenadas do meu corpo em deslocamento pelas ruas de Faro. Ou nas proximidades de Sagres. Para isso teríamos que ter inventado paralelos e meridianos, mas ainda medimos distâncias e rotas em cartas-portulano. Não sabemos medir latitudes ainda. Fatiamos o mundo dessa maneira, triângulos muito agudos separados gomo a gomo. Ainda bem que ainda não inventamos paralelos e meridianos, forçando um mundo curvo a caber em retângulos, como um queijo maturando no barbante. Em breve inventaremos, ficaremos menos contraditórios, mas também mais tranquilos. 37° 1' 0" norte, se deixando levar 7° 56' 0" oeste em franco deslocamento pelas ruas de Sagres. O oeste termina não muito longe daqui. Como se a rocha no abismo de Sagres não fosse suficiente pra fazer qualquer idiota parar. Meridianos e paralelos. Sabe o que é? é que os retângulos nos acalmam. Sozinho pelas ruas de Faro, ainda não imagino que não esteja sozinho na verdade. Nunca estive, em breve vou perceber.

Não sei como acabam me encontrando. Posso confessar que tenho mania de perseguição, não tenho. Até porque não sou um tipo incomum. Incomum talvez em outras coordenadas, por aqui, comum. Um tipo que gasta todo o dinheiro com um copo de ginja e uma puta e mais outra. Nem turismo sexual nem paralelos e meridianos foram inventados. Ainda que não existam, já existem há muito tempo. Sozinho com a puta, tomo o cuidado de não retirar a camisa que mostraria a tatuagem e a rota. Tiro logo o capote grosso de flanela grossa, o gibão de tecido barato e mais o couro. A seda, não, a seda fica. Talvez um exagero na mania de perseguição achar que iam denunciar um de seus clientes, que estariam prontas para descobrir que o próximo cliente seria um mapa em potencial. Sei que os holandas e os espanhas são capazes de tudo por um segredo, mas as putas? Por que não as putas? As putas também gostam de gastar com ginja e com seda.

E qualquer pedaço de mapa rende dinheiro.

Nem dei por mim, estava sendo perseguido de uma distância comprometedora, até porque a uma hora dessas
até porque a uma hora dessas, os arredores de Faro formam um labirinto deserto feito de cantos e muros se cruzando em ângulos. Paralelos e meridianos, paralelos e meridianos. Rua dos cônegos, travessa das freiras, os passos que me acompanham aproximam seu ritmo

do meu ritmo, rua da carreira, o nome da rua como um trocadilho oportuno. Eles são dois, três, são três. Estão juntos, partem de um mesmo ponto, não há sons dispersos. Pelo menos não é uma emboscada, melhor assim, largo da Sé. Sei que duas entradas à frente existe uma transversal que emenda numa curva. A cidade está cheia de ruas com nomes dos igrejas. A parte que se estreita no fundo dá uma ideia falsa de beco. Me encaixo em posição de espiral assim neste recuo. Os que me perseguem não são daqui, não sabem que nenhum labirinto é perfeito, e, ainda assim, começam a perceber que estão perdidos. As galerias de vento serviriam pra indicar a saída, o vento encanado, espremido, um vento vindo do mar. Estou somente a uma rua do acesso ao porto. Conheço portos, desenhei todos eles. Mas reconhecer o vento de um porto no labirinto de ruas aqui devia ser um instinto novo, ou lembrança, não sei. Instinto é instinto. Os sons dos pés dos que me perseguem agora se confundem, se separam. Sei caber nessa parede úmida como um musgo, uma orelha. Seria capaz de permanecer nessa posição pelo resto da vida. Pelo resto da noite? Pelo resto da noite. Arranho uma mancha vermelha na minha manga. Uma gota seca perto da manga. Ginja, o vermelho é doce por causa da ginja. Aqueles que me perseguem ainda vão hesitar um pouco antes de desistir. Desistir é uma arte, insistir, não, qualquer idiota insiste. Desistir é

um exercício. Se eu pudesse ao menos reconhecer em que língua eles falam, saberia quem é.
Isso antes que se percam encontrando outra saída errada.

Não vão conseguir.

E sou capaz de permanecer nessa posição pelo resto da vida.

Os olhos dividem um relevo, as cidades não precisam ser iguais e monótonas como nos desenhos deste gabinete. A não ser por uma e por outra cidadela amurada é assim que se fazem as cidades por aqui. Não conhecemos cidades, mas a distância entre essa e aquela. Entre um porto e o outro. Uma vez perguntei a ele porque desenhava mais detalhes em cavalos que nas cidades. Disse, gosto de desenhar cavalos. Eu não, eu prefiro caranguejos. Desenhar um caranguejo é uma coisa pra iniciados. Tão difícil assim? O silêncio que ele fazia mostrava que sim. Mas eu desenhei o signo de câncer numa cópia em que não tinha desenho nenhum. Eu não precisava mais escrever trópico de Câncer, podia desenhar um caranguejo. É isso, às vezes eu deixava uma coisa minha escondida na cópia só pra ver se alguém reparava. Ninguém reparava, nem mesmo eles dois. Uma passagem no muro com seteiras, a cidadela no centro como o meio de uma flor, um gineceu, um mau exemplo, não gosto de flores. Mas não vou negar, elas sempre me lembram cidades e pessoas.

Então eu passei a fazer um acesso no muro de cada cidade desenhada, um traço só. Pronto, a cidade estava vulnerável, uma abertura, por causa de um traço só. Ninguém reparou.

ainda em Faro

sabe qual é a pior coisa que pode acontecer a alguém que se acha perseguido?
    Perceber que de fato ninguém o persegue.

Então, muito bem, me deixa falando sozinho. Não se faz de idiota, foi você que me disse, ou será que você inventou? Será que isso aconteceu mesmo? hein, Egon? Você seria capaz de inventar uma coisa dessas? Como é que eu vou me lembrar? Eu ainda não tinha, eu ainda não era um. Para, não, eu sei, você não ia inventar, para, não, fica. Eu sou bem capaz de acreditar em qualquer coisa que você. Nós não sabemos fazer nada um sem o outro, lembra? Nós cortamos o cabelo igual, raspamos. Nada de cabelo. Nós somos quase a mesma, eu sei nós não somos a mesma, mas é como se fosse. Pelo menos para os outros. Eu sei, não me interrompe, eu sei, acredito, pronto se você diz que não inventou, não inventou e pronto. Eu não vou ficar daquele jeito, não vou ficar fora de mim. Eu estou inteiro, olha aqui. Se você diz que não inventou, não inventou. Não se fala mais nesse assunto, combinado?

Quero que você me ajude a pensar: os mapas são guardados a sete chaves na Casa da Guiné e da Mina, toda a gente sabe disso. E mesmo um cartógrafo importante como ele, um examinador como ele, era obrigado a devolver os instrumentos depois de terminar o trabalho.

Manter segredo sobre as informações dos navegadores, qualquer um sabe disso.

Qualquer um sabe que acusados de espionagem são punidos com a morte. O que é que isso tem a ver com?

Você não está querendo dizer que eu?

É impossível conversar com você.

Que loucura, Egon.

W se ajeita na cadeira, som de café expresso tirado, sons misturados, uma sala de espera, destinos assinalados na tela: Dieppe, Maiorca, Molucas, Maldivas, 12:43, 13:21, voo cancelado, 13:50, depois uma poltrona de avião que não, não reclina, senhor, uma trepidação de tempo aberto, como justifica a aeromoça, o mínimo de espaço entre uma cadeira e outra, o senhor pode tentar trocar de cadeira, só mais tarde, o voo parece estar cheio. O incômodo dessa posição, eh. Tenho me ocupado desde o início em esquecer dos meus pés. Um tornozelo acomodado sobre o outro tornozelo, como se não houvesse incômodo em um encaixe tão conveniente. Procuro não cogitar a possibilidade de ser deixado nessa mesma posição depois de terminada a cópia, como uma das carcaças que viu duas vezes, penduradas em árvores ao longo da estrada. Impossível fazer duas coisas ao mesmo tempo, impossível imaginar algo tão possível e terminar um tracejado simples. Ilhas pretas, linhas pretas. De perto são retângulos pretos bobos feitos de carvão moído. Impossível não sentir o sangue descer pra testa, um poço de lama coagulada, árvores secas, carvão, carcaças. Impossível não perceber a tinta engordando antes de ser engolida pelo papel. O pontilhado uniforme, desenhar a inconsistência desse terreno que nunca pisei, pisar, pés. Tenho me ocupado em esquecer dos pés, mas os pés é que pensam, a cabeça é que pisa.

Dieppe, Maiorca, Molucas, Maldivas, conexão, esteira, conexão conexão

Desenhar não é desdenhar. Desenhar é pensar com o traço.

não gostamos de azul nas coisas azuis dos mapas. Não é o nosso jeito. Azurita pra fazer o verde-azul, uma cor que não usamos muito. Azul ultramar é além deste mar daqui. Não digo ultramar porque o azul em pó é profundo como o espaço entre os meus ombros. Se moer o pigmento além do ponto, a cor esmaece, eu sei, não preciso repetir isso. Mas a pedra é cara e não me custa lembrar, como o seu pai dizia. Gastamos tudo com as despesas da execução. Essa cor não envenena como o amarelo envenena. Também não tem o efeito de comer o papel como a outra, o verdete, o verdegris. E se os dedos absorvem a cor e se os dedos absorvem a cor, enfim. É que não gostamos mesmo de azul nas coisas azuis. Fazemos mar com linhas pretas, ondas como espinhos, escamas. Ele não ia fazer concessão ao verde--azul a não ser que quisesse. Ele não ia fazer concessão ao amarelo de arsênico a não ser que quisesse.

não me importa que o examinador tenha decidido resolver a acusação de espionagem fazendo concessão ao amarelo de arsênico. Acusado de vender pros outros os pedaços, os pedaços daquilo que nós fazemos, isso seria espionagem da parte dele. Alguém acabaria revelando, muito bem. Problema dele. Mas a loucura seria se ele resolvesse fazer isso, fazer concessão ao amarelo de arsênico. Ele fazer isso a ele próprio seria até previsível, mas decidir isso por nós três?

Você lembra que foi debaixo do frasco com arsênico que eu deixei o dinheiro que sobrou do pagamento, Egon? Egon?

Nisso pelo menos você poderia prestar atenção.

quando o gabinete chegava naquele ponto, as coisas fora do lugar, sentia um alívio. Olha só ele se justificando, eu sei, estou tentando encontrar o, o que estou tentando mesmo encontrar? Era sempre a essa hora que o pai do outro percebia que tinha perdido a mesma coisa de sempre. Pedia a ele que encontrasse, não sei, umas três vezes? umas três vezes. W arremedava pra si mesmo a cara densa do examinador apontando e dizendo, sem sequer olhar para cima, ali, na prateleira do alto.

Respondia, estou quase, e se equilibrava. Estava quase. Imitava o pai do outro para o outro enquanto escalava as estantes.

Ele ouve, W, pare de imitar.

Os dois rindo. Aquilo era um cuidado, W gostava de lembrar do outro avisando, se preocupando, não estaria só entretido consigo mesmo. Gostava de lembrar disso. Buscava lembrar só para chegar a este ponto, o cuidado do outro. Com ele.

No fundo o que W não conseguia era lembrar se ele próprio teria denunciado o pai do outro por fornecer detalhes de um mapa a um espião como Alberto Cantino. Todos sabiam que o planisfério de Cantino era uma colcha de retalhos feita de cópias. W queria algo que o fizesse lembrar que não teria denunciado o pai do outro depois de saber sobre seu, sobre aquilo, ou sobre aquela coisa tatuada em suas costas. Além disso, é óbvio, W não lembrava sequer se tinha concordado com a ideia de tatuarem aquela coisa em suas costas.

Então falava sozinho num tom e num movimento interior, ouvi, ouvi, a pedra, o pigmento, está aqui em cima, vou buscar. Buscou. Encontrou. Sempre encontrava. Encontrar o quê? Se o examinador não estava ali, se ninguém tinha lhe pedido nada. O gabinete então crescia, ficava impossível. Aproveitou a altura para revirar coisas no alto. Empilhar algumas, mudar outras de lugar. Assim haveria sempre coisas que só ele encontraria. Parou. Olhou um pano manchado de vermelho, fez silêncio. Desistiu de um bocejo. Não quis encostar no pano. Procurou atrapalhado por um vidro. Encontrou logo, o vidro continha insetos secos ou eram sementes? não, insetos, larvas. Puxou uns dois ou três com o cabo de um pincel. Esmagou com a ponta dos dedos. O cheiro.

Você escondeu a carta, espera aí, Elisa, não. Deixa eu ver essa carta. Eu sabia. Sabia o quê? os pés amarrados, o joelho fazendo o número quatro, o enforcado? Se você já sabia, por que me pergunta?

Porque também sonho e, apesar de não dormir nunca, bem no meio do meu sonho eu também vejo alguém pendurado, esperando.

lunelário

O pai dele tosse muito enquanto W pensa. Mas é um som que acalma mais do que irrita. Uma tosse e outra, ilhas de barulho cercadas de silêncio por todos os lados. Como uma cidade pequena e uma baía acalmando a falta de pontos de referência numa carta náutica. Um engasgo intercala a tosse, mas não a ponto de afobar ninguém. A pele que o examinador prepara não pode mostrar os poros, o folículo, então ele continua. Outro pergaminho na armação de madeira.

Os dois ouvem tudo o que se passa com um e com o outro, mas quem disse? Ninguém se atreve a interromper o ritmo. Ritmo e pausa são retomados entre um engasgo, e mais um. Ritmo e pausa repetidos fazem o novo ritmo. Podem se tranquilizar. W prefere subir e se perder na profusão de estantes, apoiando mesas impossíveis umas sobre as outras, arranhando o teto. Mais ali na frente, ao lado de um estilete em cima de um livro, um macaco impresso com madeira. Uma gravura que ele examina tão criteriosamente. Nem ele sabe por quê. W ri ao pensar que ele também estava começando a se mover como um homem-macaco. Imitando o movimento da gravura em obstáculos impossíveis, segurando o desenho do símio com a outra mão, se equilibrando em pontos que não existem. A altura perfeita pra um tombo mortal. Que seja, não é dessa maneira mesmo que ele vai morrer. Mas quando ignora a escada tão óbvia ao lado e prefere correr todos os riscos, ah, não sei, deixa. Se o cartógrafo não quer mais ver o que acontece na parte alta do seu próprio gabinete, aí é um sinal. Quando não o interrompe com raiva por fazer uma coisa inconsequente assim, aí é preocupante. Preocupante para o examinador, não para W. O filho do examinador não está mais ali. Quando é que W vai entender isso? O homem-macaco é quem decide o que se passa naquelas alturas. Trata-se de um estrato só seu. Pode fazer o que quiser, mas está limitado pela extensão medíocre de sua falta de vontade: deixar uma tampa aberta, um pote feito de chifre fora do lugar, é a isso que se limitam os seus desmandos. Um certinho, um copista, um coisinha. O outro, ocupado em retirar o último pelo do pergaminho, em se tocar, como se alguém do alto não pudesse ver. Esse ritmo ele não interrompe. É o papel que se prepara para um desenho. Mas podia ser música. Uma pausa à procura de um tempo.

Um caminho desconhecido pode e deve levar a lugar nenhum. É dessa simulação que nos alimentamos, um caminho feito de pensamentos. O real é feito a partir do delírio e não o oposto. O real é uma boa mentira. Esvaziou a bolsa, viu se nada nada tinha ficado no fundo. A bolsa do viajante não guarda outra coisa além de sua vontade de viajar. Ele não precisa de água e um punhado de castanhas. Ele precisa dar de comer ao sonho. E mais um frasco de tinta e um espinho. Se a tinta não der pro gasto, vai riscar a areia com esse espinho mesmo, ponta seca. E com pedras. Depois vai arrumando seu próprio corpo numa espiral, o ombro apoiado no chão. A outra mão faz um travesseiro. Ajeitando pedra, espinho e tinta como seu relicário.

Ninguém pode calar a cabeça desse viajante, ele nem mesmo precisa viajar, pronto. Ele só precisa desenhar a rota, escolher um lugar nesse trajeto para descansar e se esconder. Um lugar pra sumir de si mesmo. Um vazio entre duas linhas. Quem quiser que procure as fontes, as frotas, a pedra fundamental, mirra, salitre. Ele só quer um lugar pra cair morto. Um ponto eterno, um nó. Olhar essa estrela daqui desse ponto. Saber que esse ponto se comunica com aquela estrela e nenhuma outra. Não quis trazer nada das coisas do outro, só o compasso velho dele. Velho compasso. O chão daqui é mais macio que uma cama. E posso dormir sobre a mão como se fosse um travesseiro. Estrela, pedra, espinho.

Na outra mesa, o cheiro da ginja em meio aos aparelhos do, dele. Não vou pôr um nome nos instrumentos que ele, não vou por um nome nele, alguém dos holandas, ele: a faca, o ancinho, o lunelário, o formão, o grampo.

Na mesa de cá meus instrumentos: o tira-linhas, as tintas da China, o estilete, o compasso.
A mancha de nanquim na mesa de cá também coagula como a pequena fruta macerada de que a ginja é feita.
Na mesa de lá, não sei.
O destilado enjoativo da ginja cria um tônus.
Preciso beber alguma coisa! Ô, alguém!

Ninguém.

Uma tampa de compota aberta à força com a ajuda da manga.

Ainda tenho tônus.
De outro modo, não acharia graça em tudo isso. Só agora o mapa tatuado em meu corpo assume a posição norte-sul. A cabeça ao sul, banhada pela corrente de Benguela. Contrária às frotas. Um paradoxo: não, agora não me encontro na posição invertida. Esse quarto é que sempre esteve revirado.

(por que perco tempo com essa rota abandonada? tempo tempo tempo. Um privilégio para um desenhista de mapas com amigos importantes.)

tento encontrar um lugar no meu sonho em que eu não volte a estar pendurado aqui, a corrente do meu sangue oposta à corrente de Benguela.

Mas o meu sonho, não, ele insiste no momento em que vemos o pai dele ser levado e morto. Nós dois assistindo tudo. Antes de voltarmos pra casa e de você sumir.

Bem antes de eu colocar fogo naquele gabinete.

W vê alguém se aproximar. Com certeza ele. É. A criatura. Nem bem bateu a porta de entrada e já começa a amolar os instrumentos, os da outra mesa. Coisa que faz com conhecimento. Pelo som da lâmina dá pra se saber que é alguém preparado, alguém que se dedicou a fazer aquilo, da mesma maneira que o copista se dedicou a copiar. Escalpelador. Um termo muito forte? Era fácil admirar alguém que faz seu trabalho tão bem assim. Então a entrada ficava daquele outro lado, estranho, todos os indícios apontavam pro ponto oposto, o som vindo da porta. Mas o som que tomava conta do ambiente todo era o de instrumentos de amolar. Escalpelador sim, um bom termo. Coisas que cortam e furam, coisas que nunca estiveram ao alcance do copista. Ainda bem que o sujeito pegou o pano do chão.

A cópia está pronta, pronta, está bem debaixo da sombra debaixo da cabeça de W. O mapa é esta coisa coberta de sombra como um continente no escuro. Uma extensão de terra, terra de ninguém, à noite. As pessoas e os vales dormem escondidos sobre a sua cabeça. Debaixo do pêndulo e de seu eixo. Eclipse da lua sobre a rota. Imagens demais, pensou, mas ia acabar logo com aquilo, prometeu a si mesmo. W não ia mais se preocupar com imagens. Não era preciso dizer ou apontar, estava ali, no mapa debaixo de sua cabeça. O outro olhou a cópia enquanto limpava as mãos com o pedaço de pano caído, ainda bem que ele pegou o pano do chão, ainda bem. E examinou a tatuagem nas costas para ver se correspondia ao desenho. Correspondia. O escalpelador olhou para ele, pronto, estou aqui, senhor. W não está ouvindo coisas, ele ouviu mesmo o outro dizer: estou aqui, senhor. Estava próximo demais agora daquele homem de rosto confiável, a cara quase sem traços de expressão, sem volumes desnecessários, difícil de se copiar. W pensou em perguntar ao homem visto de cabeça para baixo se ele, bem... chamá-lo de senhor? Senhor por quê? Só porque viu o copista vestindo três peças de roupa em cima da camisa de seda? Eram roupas, tecidos, não vou dizer que fossem coisas baratas, não eram, mas dizer assim senhor como se fosse alguém com posses? Coisas que comprou com um pouco do dinheiro que sobrou. E não foi pouco o que sobrou. Ele escondeu o dinheiro para que os oficiais não levassem tudo, ele mostrou ao filho do outro, o problema é que ninguém prestava atenção quando ele falava. Tinha gasto um pouco do dinheiro com roupa sim, por dois motivos, para andar carregando menos dinheiro e para proteger as costas. As costas ele não conseguiu proteger, isso era evidente. Ainda havia muito dinheiro guardado no bolso dentro da bolsa. A criatura nem chegou a mexer na bolsa do copista. Era melhor não comentar, era melhor não oferecer dinheiro ao outro em troca da própria pele, que ideia!, aquilo não era importante. Ainda pensou em perguntar alguma coisa simples como: você me conhece? fui eu que te contratei? isso faz algum sentido? Mas o sangue e os pensamentos misturados tornam qualquer pergunta difícil, viscosa, desnecessária. Bom mesmo é sentir o corpo se acostumar com um espasmo, uma coisa boa, qual era o nome daquela coisa boa que estava sentindo?

Ainda bem que ele pegou o maldito pano jogado no chão. Esse era o único alívio pelo qual não esperava mais. A tira de amolar é deixada de lado. Um pano molhado, um outro pano. Um pedaço de seda, faisões... A água limpa no metal tem um cheiro que toma conta de tudo. Um outro pano molhado, mas pra quê? Pra molhar o corpo de W. Pescoço, cabeça, sobrancelhas, a testa. O homem é gentil e tem alguns pontos macios no punho, as partes ásperas da mão lembram uma casca, mas não machucam, a essas alturas nada machuca. O homem o ajuda a respirar enquanto limpa, apoiando o copista com o braço pelas costas dele, passando a mão pelas costas dele como se ele fosse... não, o copista não vai vomitar. Era alguém gentil, então por que o abandonou desse jeito a ponto de fazê-lo perder a ideia do tempo? Não importa, era gentil, bem mais que o pai do outro. Ele nunca tinha sido tratado dessa maneira. Finalmente entendeu isso. A água no rosto era logo aparada, nenhuma gota chegou a escorrer sobre o mapa. O braço do homem sustentando suas costas para que não oscilasse mais:

 estou aqui, senhor.
 Você me conhece? fui eu que te contratei?
 Me diz que não fui eu que te contratei.

Eu não vou falar logo o nome da cor. Vou misturar os pigmentos. Vamos ver se você sabe o nome.

A pele vai sendo arrancada e lavada em água que corra muito fria, pra que se retirem as impurezas, pra que se retire o sangue, atenção, estou falando de gordura e de sangue. A depilação vem depois. Demorada, a depilação. Não se conhece outro modo, ou seja, bastante demorada, a depilação. Nem pelos, nem folículo, é só o que peço a vocês. É preciso macerar a pele em água e cal durante vários dias. Três, oito dias, nem isso. Ou um pouco mais. Vai depender do tempo lá fora. São vinte peles, são trinta de cada vez, mais ou menos isso, colocadas em fossas que precisam ser tão pequenas quanto fundas. Nas fossas pequenas e fundas, as peles precisam ser remexidas todo dia. A cal adicionada aí, e sempre, faz a gordura virar sabão, a coisa vai branqueando, cortando a acidez. Queremos que o trabalho dure para sempre. Ou não queremos? Depois as peles voltam pra debaixo da água limpa.

 Esticada agora em molduras, círculos de madeira, caixas quadradas, bastidores. É para esticar a pele, não é para rasgar. Não sabem fazer nada direito, isso. Assim tensionada, a pele é desbastada com essa lâmina em forma de lua. Raspada pelo reverso, com o lunelário, pelo lado dos pelos, ai, eu não posso, ai,
         isso me enjoa cada vez mais. Isso, polida com a pedra-pomes e mais água. Depois de raspada e polida, a pele, ainda úmida, é lentamente esticada, até se obter a espessura de folha. A forma desejada. Secar e estirar demora semanas.
 Tudo isso vai levar semanas.

 À pele assim tratada dá-se o nome de pergaminho.

Nascido em Brasília, em 1965, Roger Mello é ilustrador, escritor e diretor de teatro. Ilustrou mais de cem títulos, dos quais vinte e dois foram por ele escritos. Em 2014, venceu o Prêmio Internacional Hans Christian Andersen, na categoria Ilustrador. O prêmio é concedido pelo International Board on Books for Young People (IBBY) e é considerado o Prêmio Nobel da Literatura Infantil e Juvenil. A patrona do Prêmio é a Rainha Margrethe II da Dinamarca. Seu livro *Meninos do mangue* recebeu o prêmio internacional de melhor livro do ano da Fondation Espace Enfant (Suíça) em 2002. Em 2007, três de seus livros (*A flor do lado de lá*, *Todo cuidado é pouco!* e *Meninos do mangue*) constaram da "lista de livros que toda criança deve ler antes de virar adulto", publicada pela *Folha de S.Paulo*. Além de no Brasil, os livros de Roger são publicados na França, Bélgica, Suíça, China, Coreia, Japão, Suécia, Dinamarca, Argentina e México. Ao longo de sua carreira, recebeu inúmeros prêmios no Brasil e no exterior por seu trabalho como ilustrador e escritor. É considerado *hours concours* pela Fundação Nacional do Livro Infantil e Juvenil, que, além de lhe conceder vários prêmios, o indicou para o Prêmio Internacional Hans Christian Andersen de 2010 e de 2012 na categoria Ilustrador, tendo se classificado como um dos cinco finalistas em 2010, 2012 e em 2014, ano em que foi escolhido vencedor. Da Câmara Brasileira do Livro, Roger foi agraciado por dez ocasiões com o Prêmio Jabuti. Foi premiado pela Academia Brasileira de Letras e, na União Brasileira dos Escritores, pelo conjunto de sua obra. É autor dos textos teatrais *Uma história de boto-vermelho*, *País dos mastodontes*, *Curupira*, *Elogio da loucura* (baseado na obra de Erasmo de Rotterdam), *Meninos do mangue* e da criação da peça *Entropia*, os quatro últimos encenados no Teatro III do CCBB/RJ respectivamente nos anos de 1996, 2003, 2005 e 2008. Escreveu e dirigiu a peça *Dispare*, apresentada em 2011 na Casa de Cultura Laura Alvim e em 2012 no Teatro Oi Brasília e em Montevidéu, Uruguai (Teatro Solís). Venceu o prêmio Coca-Cola de Teatro Infantil (Melhor Texto) com *Uma história de boto-vermelho*. Em 2005, o curta-metragem *Cavalhadas de Pirenópolis* (2004, 14 minutos, Direção de Adolfo Lachtermacher, baseado em livro homônimo de Roger) foi selecionado para a mostra competitiva do 33º Festival de Cinema de Gramado. O roteiro de *Meninos do Mangue* (em parceria com Adolfo Lachtermacher) foi selecionado para o Laboratório SESC Rio de Roteiros para Cinema.

Pela Global Editora, Roger Mello é autor dos livros *A flor do lado de lá*, *Selvagem* e *Griso, o único*, tendo sido os dois primeiros também publicados em espanhol pela casa editorial.

obrigado, Mauricio Grecco